Shunji Hioki

Le vase de Dalmatienne

歌集

ダルメシアンの壺

日置俊次

短歌研究社

目次

ダルメシアンの壺

カバー写真　井の頭公園にて

ダルメシアンの壺

ダルメシアンの壺

青山の墓の直哉のさびしさに靠《もた》れさす馬酔木のほのじろき房

心こめて直哉を語る教室に立ち見の学生まだ
湧きやまず

その仔犬もらひ手をらずわが家へとたどりつ
きたり　右眼が青い

ダルメシアンの片眼青きは「失格」と定めた
りいつかたれか知らねど

あさがほの露の青さの眼をひらき犬は寝足り
ぬわれの口舐む

ダルメシアンが座すとき黒きぶちの散る白壺
となる首かたむけて

姫のごとく名付けし仔犬「ダルメシア」知ら
ずいつしか「ルメ」と呼びをり

淡く笑むルメはくちびるまでまだらこの壺に
詰めむわれのまごころ

漢字なら「留女」なる白き犬を抱き書きつが
むながき志賀直哉論

いつも抱かれて眠りゐし祖母の体臭がよみが
へる畳にルメと寝入れば

ピンクがかつたまだらの腹を撫でてゐる八つ
の乳首にさはらぬやうに

母の銀にはまかせられぬと二歳なる直哉をとりあげてしまひたる留女

初めての短篇集に祖母の名を冠したり直哉は忘るるや銀を

「或る朝」の信太郎は留女に起こされてわれ
も起こさるまだらのルメに

短篇集『留女』に「留女」とふ作品あらずそ
れゆゑ留女は喜びたるや

妻らにはまかせられぬとルメの散歩引き受けてゐる寝坊のわれが

河《かう》骨《ほね》のまだ咲く黄いろき十月の三宝寺池をルメとめぐりぬ

まだらごとルメは大きくなりたれどルメのま
まなり瑠璃いろの眼は

病欠せし教授会ではわが授業糾弾するとふ立
ち見の多きを

空の教室かかへて痩せた教授らが黄いろいまなこをわれにとがらす

たましひで語る教壇さむざむと底無し沼のまんなかにゐる

つひに起《た》つことのかなはぬわれの頰ルメが舐めをり青き顔して

「なんと云つても、もう祖母だけだ」と書く直哉われもひそかにルメだけと思《も》ふ

わが体には壺がひしめく眼と臍を除きて打つ
と鍼師は断ず

鍼が抉《ゑぐ》るけぶれるごときこの悪寒七センチ腰
に入りてをるらし

鍼生えていま針鼠なるわれの背の畝ふかく痛みの根がつながりぬ

梅紅くひらくときやつと歩めるやうになりたりルメがわれの手を引く

なにゆゑに池の辺に来て「銀」といふ春浅き
名をわれはつぶやく

下萌えに思ひ消えなむ歩みうることよろこば
むルメ抱きしめて

池に浮くメビウスの輪よすきとほる帯に蛙の
核がおしあふ

ルメもまたひと恋しきか池水に映りて揺るる
山査子の棘

山吹の花咲くしたにつれもなく離《か》れにしシェパードを見つめをるかな

人は頭《づ》にもつ壺百《ひやく》会《ゑ》犬は尾のつけ根にありて圧《お》せばほほゑむ

志賀直哉

志賀直哉は銀行家の息子である。兄の直行は、二歳八か月で世を去った。直哉は跡取りとなった。祖母留女は、直行の死を母銀のせいだと責めたて、二歳になった直哉を銀からとりあげてしまった。祖母は直哉を溺愛し、いつも抱いて眠っていた。銀は直哉が十二歳の時に亡くなった。直哉は銀の匂いを覚えていない。直哉と留女との関係は、後の芥川龍之介とフキとの関係を思わせる。直哉は、東京帝国大学で、後に国文科に転じたとはいえ、初めは英文学科の学生であった。つまり龍之介の先輩にあたる。

父と不和になっても、直哉は祖母の部屋には平気で出入りしていた。祖母は、直哉にとって絶対の居場所であった。直哉は留女から資金をもらい、大正二年に初めての作品集『留女』（洛陽堂）を上梓して、祖母に捧げた。次女には留女子と名を付けた。

天保七（一八三六）年生まれの留女は、大正十年、八十五歳で亡くなった。直哉が三十八歳の時である。この年、あの「暗夜行路」の、以後十七年間にわたる執筆が始まる。芥川は師に「志賀さんの文章みたいなのは、書きたくてもかけない」と話した。漱石は「俺もああいふのは書けない」と答えた（「夏目先生」）。

文壇の大御所となった直哉に、自殺する前の太宰治は捨て身でかみついた。「何処に『暗夜』があるのだらうか。ご自身が人を、許す許さぬで、てんてこ舞ひしてゐるだけではないか」（「如是我聞」）。

直哉は、青山霊園の茂吉の墓の近くに眠っている。墓所は生垣に囲まれ、一族の墓には丸に十字の紋が並び、美しい。

銀の闇

さらさらと濡れぬ春雨じとじとと濡るる春雨
けふ濡れそぼつ

ももひきの破れをつづり寝るまへに灸すゑぬ
こむらがへり続きて

明暗の分かれぬままにわれはいま青き淵なり
鍼ひびきそむ

肉叢《ししむら》に鋮うつさまをいまだ見ず亡きがらのご
とく顔覆はれて

鋮たちて生きざらめやも身にしづむ墓石のご
とき痛みの塊《くわい》と

三里に灸したやうですねしかしずれてゐます
赤で印をつけておきます

熟練からのみ来る手際の閃めきの明るさ暗さ
漱石を思《も》ふ

修善寺に散りし吐血は八百グラムと断じぬし
づかに杉本医師は

「あの時三十分ばかりは死んで入《い》らしつた」
とつぶやく鍼に腰ゐぐられて

財布よりコインとカード抜き去りぬはつかや
はらぐ重さにあゆむ

春の池にひと房の黒きぬくもりを灯してキン
クロハジロ浮きをり

留鳥となりしおまへの金の眼とうしろ髪やけにやさしく見える

ダルメシアンの影は地に揺れよくしなふ首には縄の影が離れず

わがルメの着つつ慣れにしうすき耳朶まねて
ねぢれて垂るる貌花《かほばな》

自《し》の影に立つよりはなしかきつばた群がり咲
きてたれのむらさき

群がるを蔑《なみ》するにあらず孤《こ》の小さき影逃れえ
ぬわれを知るのみ

われとルメはいかなる孤ならむ影ふたつ縄の
影にてつながれてをり

ひとくせもふたくせもある口百個ならびて教
授会がはじまる

赤シャツと野太鼓のいりみだれたる会議の窓
に月がのぼりぬ

ふろしきを解き両の手で箱あけてチョコレートすべて食《たう》べし犬はも

獣医訪ひ墨の錠剤もらふなりゴディヴァのトリュフより薬礼高し

河骨《かうほね》がいつせいに小さき花ささぐうすき皺よる五月の池に

カルガモにパン投げをればルメは座し目がパンを追ふよだれ垂らして

帰宅すれば独りのルメはテレビ灯し原発のニュースを居間に見てをり

肉球も黒とピンクのまだらなりブラシで洗ふ散歩のたびに

足跡が床につづきぬ梅雨の夜の温《ぬる》きぬかるみ
流し切れずに

膈兪、肝兪、腎兪より鍼が大腸兪に至るとき
銀の闇ひらくなり

「水をかけてくれ死ぬと困るから」と叫ぶ漱石を何ゆゑ反芻させるや鋮は

玄関より床にしたたる血のありて娘のルメの生理はじまる

リード短く持してわが娘《こ》を守らむと他家の犬よりかばひ歩みぬ

わが腰の歩みていつか痺れぬをふかぶかとルメに頭《かうべ》下げたり

ケーベルもヘルンも眠るゆゑならずたかき松
あり雑司ケ谷には

鷗外に掃苔の趣味まねびたる荷風よ眠れ蠟梅
の木と

安楽椅子のごとき墓まで参りをり漱石ここにをらずやけふも

自殺するまへの欅の蟬しぐれ師の墓に浴ぶる龍之介をり

夏目漱石

夏目家に八番目に生まれた赤子の漱石には、居場所がなかった。たらい回しにされた。結局、夏目家に引き取られたが、大学生のときまで夏目家に住む塩原金之助という名前であった。実母千枝の父親は新宿の遊女屋伊豆橋の経営者で、漱石もしばらくそこに住んでいたことがある。ところが兄たちは結核で死んでいく。幼時に実家にいなかった漱石が生き残った。自分も結核に感染していると信じて怯えていたが、そのおかげで結核を病む子規と親友でいられたし、松山でも平気で同居することができた。明治三十三年九月、横浜を出港してロンドンに留学する。手紙で病床の子規を励まし続けた。明治三十五年九月、とうとう子規は死んだ。同時に漱石発狂のうわさが広がった。帰国を命じられ、十二月にロンドンを発ち、翌一月に長崎港に着く。四月より第一高等学校で英語の教鞭をとった。ところが翌五月に生徒の一人が華厳の滝から身を投げた。

漱石は英国にも日本にも居場所のない感覚にさいなまれて、そのうっぷんを晴らすように、子規の忘れ形見である俳誌「ホトトギス」（明治三十八年一月）へ「吾輩は猫である」を書いて発表した。それが作家漱石の出発点となった。

死の前年の大正四年、芥川龍之介の来訪を受けた。漱石は「鼻」を読んで激賞した。下町育ちで帝大英文科の後輩でもある龍之介の心に、自身の内にあるものと同質のこだわりがあることを、漱石はどこかで直感していたのだろう。どんなに膿を出し切っても、恐怖は帰ってくる。生まれてしまったという恐怖、あの居場所がないという恐怖が……。「みんなが黙過するでせう。そんな事に頓着しないでずんずん御進みなさい」と漱石は龍之介に書簡を送った。

雑司ケ谷の漱石の墓は大きくて、水をかけるのに苦労する。紋は菊菱である。五男の漱石は夏目家本家の家紋（井桁に菊）を引き継げなかった。しかし菊菱は、菊の花が、家という堅牢な囲いから解放されて広がっているようにも見える。

座布団の墓

かたはらにルメをらぬことさびしみて石の林
の径《みち》をゆくなり

ペットボトル三本の水でうるほせぬ漱石の
墓　炎帝が座す

雑司ケ谷から慈眼寺《じげんじ》へ足をのばさむと都電に
PASMO当てて乗りたり

炎昼の線路の草はゆるゆるとわれをくぐりぬ
わが腹撫でて

愛用の座布団の寸そのままの四角き墓の龍之
介訪ふ

母フクは狂人だつたと語り出すをののきを知るあはれ座布団

母がはりのフキの永遠《とは》なる恋人のごとき身なりし座布団のうへ

「吉田彌生」幼馴染のその名前いつか桜のごとく咲きだす

青山学院の才媛なぞに龍之介は譲れず本所両国のフキは

同じ春に生《あ》れし彌生を恋ふる胸一生《ひとよ》隠して自裁の朝へ

あの朝を降りしきる雨ぬかるみにまろびて下島医師駆けつけぬ

石の上《へ》に浮き彫りの五《ご》七《しち》桐《ぎり》の紋渇きをり幾度
水をかけても

硬貨にも刻まるる国の紋を載せふくれやまざ
り石の座布団

座布団に敷かれて眠る龍之介の喘ぐその声わがたつきなり

谷崎の誕生日に逝きし龍之介斜向《はすむ》かひとなる二人の墓は

お気に入りの座布団に昼寝するルメの鼾聞き
をり原爆忌けふ

いづこより来し座布団か紺の地に咲く白菊に
ルメは頰寄す

夢の野でルメは兎を追ひてをり紺の座布団に
鼻息かけて

ぴくぴくと脚ひきつらせ眼球をまはしてルメ
は眠りつづけぬ

低周波を鍼にとほせばわが腰も脚もぴかぴか
踊りだすなり

滝行を終へしばかりといふ鍼師ふふと笑ひぬ
ルメの話に

施術台の空気孔より床見つつ背に生《あ》るる鍼の
林思《も》ひをり

背中には涙の壺があるといふわが掌《て》ではつひ
にさすれぬ場所に

留守の間にルメはカレーを食べつくし大鍋が
床に光りをりたり

かほ花の実がピクルスの貌《かほ》で落ち八月の泥は
芥子《からし》のごとし

かきつばたのあをき実裂くやビスケットぎつ
しり並ぶごとく種子満つ

白き糸吐きをへしからす瓜の花まはりだすく
もの糸にからまり

枯葉のにほひ嗅ぐルメの向かう押しだまり男
は線量計を見てをり

アスファルトに喘ぐななふしすかすかの胴を
つまみて草むらにおく

龍之介に似るななふしの細き顔草にすがりて
固まりにけり

どの雲にも名をつけてをりなかんづくちぎれ
て浮かぶ小さき雲に

座布団と名づけし雲が散りてゆく暮るるに早き十月の空

芥川龍之介

新原龍之介の母フクが発狂した理由は、龍之介の姉ハツを、幼い時に病気で急逝させてしまった負い目にある。母は自分を責め続けた。六歳の長女ハツは、驚くほど賢しい子で、家を継がせようという話すらできあがっていた。その死からちょうど一年後に生まれた龍之介を、ハツの生まれ変わりと信じ、母は今度こそ大切に育てようとかたく決心した。ところが赤ん坊の龍之介には引きつけを起こす癖があった。生後七か月ごろ、非常に大きなけいれんを発症し、仮死状態に陥った。内向的な母は、また子を死なせてしまったと思いこんだ。ショックは大きかった。記憶喪失に陥った。なんとか蘇生した龍之介を見ても誰だかわからなくなった。

赤ん坊の龍之介は両国にある母の実家芥川家にもらわれていき、そこで母の姉フキに溺愛された。子供の時に片目を傷つけてしまったフキは、生涯嫁がなかった。フキの最初で最後の恋人となったのが、優秀な龍之介であった。

龍之介の幼馴染の女性に、龍之介と同じ明治二十四年三月生まれの吉田彌生がいた。青山女学院英文科卒の聡明な女性であった。帝国大学の学生であった龍之介は、彌生と結婚したいと思った。下町に住み慣れ、西欧文化の知識も経験もまったくないフキは、大学で英文学を学ぶ龍之介が、英語をたしなむ青山女学院卒の才媛と仲良くなって、自分が蚊帳の外に置かれることが許せなかった。夜を徹して彌生をけなし、結婚に反対した。養子の立場にある龍之介はあきらめた。龍之介が自殺した朝、わざわざ医者を呼びに走ったのはフキである。やがて、フキも記憶喪失（痴呆症）に陥った。

龍之介は、失恋の悲しみをひそかに結実させた「羅生門」を大正四年十一月に発表した（「帝国文学」）。そして大正五年四月、龍之介は親戚の細木香以をモデルにした「孤独地獄」を発表する（「新思潮」）。翌年、森鷗外は「細木香以」という作品を書いた。鷗外は「ほそきこうい」と呼んでいた。龍之介は、「ほそき」ではなく「さいき」であり、しかし、ほそきでもかまわないと、姓の読みかたを遠慮がちに訂正した。

大正五年十二月九日、夏目漱石が亡くなった。葬儀は十二日、青山斎場にて行われた。師の棺をみると顔のまわりに「細くきざんだ紙に南無阿弥陀仏と書いたのが、雪のやうにふりまいて」あったと龍之介は記している（「葬儀記」）。漱石の宗派は浄土真宗だが、葬儀は鎌倉の円覚寺が仕切った。龍之介は受付に座った。そこで龍之介は初めて鷗外に会った。このときは、鷗外は芥川を認識しなかった。

漱石は雑司ケ谷の夏目家墓地に葬られた。墓には一周忌までに、安楽椅子型の大きな石が据えられた。正面の高いところに菊菱の紋が刻まれている。それから九年して、龍之介が新聞記者を雑司ケ谷に案内した時、どうしても漱石の墓が分からず迷ってしまったという（「年末の一日」）。

晩年、神経を病んだ龍之介は、青山霊園に近い斎藤茂吉の病院に通院していた。ほとんど墓地に通っているようなこころもちであった。睡眠薬を何種類も処方してもらった。自殺の数日前に漱石の墓にお参りした龍之介は、かつて師から届いた「四方は蟬の声で埋まつてゐます」という書簡を思い起こしていただろう（大正五年八月二十一日付）。盛夏で、降るような蟬の声があった。それから、雨が降りつづく七月二十四日未明、龍之介は睡眠薬を大量に飲んで、息を引き取った（青酸カリも含まれていた可能性はある）。その自死の報は斎藤茂吉にも届いた。茂吉は田端の芥川宅に急いだ。茂吉は医師の眼でその「死骸」を見つめた。

生涯、伯母フキの監視下にあった龍之介は、染井霊園に隣接する慈眼寺に葬られた。墓は、遺言によって、愛用していた座布団と同じ形と寸法による立方体の重そうな石でできている。天頂には桐の紋が彫られている。

冬の霊園

ぞろぞろと学生を連れ木枯しの墓に参りぬひとり黙して

青山の学生三十人と佇《た》つ氷瀑よりも冷ゆる墓前に
水《み》楢《なら》を削りて彼の墨書せし「悠々たる哉《かな》」墓に読みあぐ

「遺書」買ひしこと不意にいふ学生をり修学
旅行の華厳の滝で

空を舞ふいつたんもめんのごとき石に頭取の
父胖《ゆたか》は眠る

十二歳で亡くした父を祈るためこの墓に操《みさを》
は来てゐるんだよ

飛び級の十六歳の一高生絵に描《か》いたやうなエ
リートなりき

私たちより歳下だよねとつぶやきて凍える鼻
をたれかすすりぬ

大なる悲観は大なる楽観なりといふ断言にほ
のか混じる苦《にが》みよ

木肌まで「巌頭之感」を刻む碑に頬寄するひ
とりの女学生をり

「ホレーショの哲学」のごとく蔑《なみ》せしやカイ
ゼル髭の英語教師を

漱石は火曜の授業で叱りつけ金曜に操は滝へ
身を投ぐ

自らも鬱におびゆる漱石は駆けだしぬ操自殺
の報に

いくたびも操の自殺のわけを問ひ教室にゆがむ痘痕《あばた》の頬は

「不可解」に若き相槌《あひづち》ひろがりて後追ひ投身ひきもきらざり

浪人して一高に入りし一年生二十一歳の茂吉をりたり

同級生茂吉は記す分らずに生きて居て「何ノ不都合カアル」

分らねどよろけつつルメを連れてゆく銀雪に
うすく染まる池まで

草むらにパンを投ぐれば赤き嘴《はし》躍り出づるよ
暗きからだと

氷る池の青草はすべて鷭《ばん》の脚まろびつつわれ
に駆けてくる脚

バンはわが顔を覚えてをりにけりあるいはル
メのまだらの肌を

青草に水搔きあらずしたがつて鷭の足にも水
搔きはない

鷭といふ赤光《しやくくわう》を追ふわれの眼を青き眼での
ぞきこみたりルメは

『赤尾の豆単』なる赤き影手にもちてあゆみ
ぬ黒き詰襟のころ

大学に入りてもわれは暗き服着てあゆみたり
鵲のごとくに

東大の三好先生の講義中同級生投身の一報入りぬ

われは祈ることよりせぬに先生は弔ひにゆきぬ華厳の滝まで

電話恐怖症となりし茂吉よ夜半に鳴る患者の
自死の報が途切れず

眩暈《めまひ》して患者の柩につきてゆく茂吉の道をけ
ふもたどりぬ

墓へ通ふこの道にあゆむ龍之介をりたり茂吉
の医院へ曲がる

龍之介にヴェロナアル、ヌマアルを処方せし
茂吉に「電話ノ鈴」響くとき

「驚愕倒レンバカリ」の茂吉は円タクを動坂《どうざか》
下で急ぎ降りたり

田端四三五番地まで雨のぬかるみを歩みゆき
しか眩暈こらへて

龍之介の死骸には「門歯ノ黒クナツタノ」が
生前の如く見えてをりけり

藤村　操

藤村操は、志賀直哉と同じで、銀行家の息子である。明治三十六年、操は、第一高等学校で夏目金之助の英語の授業を受けていた。授業中やる気がないので、漱石が叱った。その三日後の五月二十二日、操は日光の華厳の滝から身を投げた。父の藤村胖は、北海道の屯田銀行頭取であったが、操が十二歳の時に亡くなって、青山霊園に葬られている。ななめに平たい長い板が伸びたような、不安定な墓石である。家紋は六つ丁子に釘抜きである。

操は、身投げをする前に、滝上の木に「巌頭之感」という文章を書き残した（「巖」は「巌」のまま）。今、父の墓の隣に葬られた操の墓には、この文章を刻む「藤村操君絶命辞」の碑が立つ。

悠々たる哉天壤、遼々たる哉古今、五尺の小軀を以て此大をはからむとす。

ホレーショの哲學竟に何等のオーソリチィーを價するものぞ。萬有の眞相は唯だ一言にして悉す、曰く「不可解」。我この恨を懐いて煩悶、終に死を決するに至る。既に巖頭に立つに及んで、胸中何等の不安あるなし。始めて知る、大なる悲観は大なる楽観に一致するを。

「ホレーショの哲学」については誤解がまじっているが、問題にならない。見事な文章である。操の墓の前から振り返って、少し離れた斎藤茂吉の墓に冬の陽のあたっているところを眺めるのが好きである（夏は木立が茂って見えない）。

当時、茂吉も同じ一高の一年生で、操投身の衝撃がまわりを震撼させるさまを苦々しく見つめていた。そのときは墓が近所になることなど想像もしていなかったであろう。茂吉の家紋は下がり藤である。

塵労

煮くわゐのほろほろ沁みる苦みより芽吹くも
のあり身をこじあけて

てのひらのごとき枯葉をまはだかの腕にぶら
さげほほのきがくる

ほほのきは両脇あけて首かしげ「臭ふかな
あ」とルメに聞きをり

浅春のあをぐさき枯れ枝《え》に胸躍ることまだ知
らず歩むかルメは

ふきのたうわれは好めど鼻つけて「にがさう
ねえ」とルメは眉寄す

はんのきはなんにもいはず水の上《へ》に花穂と枯れ枝をひろげ干しをり

池の辺のベンチに座して枯れ枝なるかはせみの黒き眼と見つめあふ

かはせみの塗り箸のごときくちばしの下《した》紅し
この雌は吾《あ》のもの

枝《え》を替へてかはせみほそく首伸ばしチイと鳴
くなり猫背のわれに

かはせみのオレンジの胸に波明かり這ひあがるほそき列くづしつつ

まるまりて頭《づ》を上下さすかはせみのくちばしはいつかほそき鶴なり

自殺前上梓せしあの全集に押されたる金の鶴の丸紋

鶴の丸の紋服で馬車に乗りたしとつぶやく太宰に春《はる》疾風《はやて》ふく

新郎《はなむこ》の心で生きると書く太宰は鶴でありしよ
池は陽炎《かげろ》ふ

けさもルメの新郎としてあゆみつつかはせみ
の青き背をさがしをり

すみませんとひとり謝りいやいやと顔をふる
はつかぬるむベンチに

揃はざるちひさき筆のたば生《あ》れて蕗のはな風
に白きいろ塗る

寒風を引き連れてふたつワンカップ大関抱いて禅林寺まで

酒《ささ》供ふこの水鉢に刻まるる鶴の丸紋をひとり見にきて

梅雨どきは字の彫りこみにさくらんぼあふる
る墓を春はわれのみ

をさまらぬ歯痛に旗をとほり過ぐ「さくら
餅」わが好物なれど

日曜の井の頭公園にたどりつきルメと見てを
り濡るる鯉の背

ルメに似るぶちもつ鯉のいりみだれされど白
地に黒ぶちはをらず

鷗外のふるさとの街ちらつきて緋鯉の寄るを
懐かしみをり

暗記してゐると太宰のいふ池をルメと歩みぬ
わが花嫁の

花嫁はつかれもみせず尾を立てて春黄金花《さんしゅゆ》の
はなを跑《だく》足《あし》で過ぐ

われかつてここの水生物館に初めてかはせみ
の漁《いさ》りを見たり

白き肌しなやかに揺れはだかなるルメが臆せ
ずわれを引くなり

ルメとゐるけふは参らず水に浮く弁天の島は
女体なるゆゑ

三鷹駅あたりよりどつと流れくる人喰ひ川の
ひびき聞くなり

上水を明星学園へとたどるふはりと太宰の浮
かぶ淵まで

すれちがふ媼たちより声あがる「百八匹のわんちゃん！」「さうさう！」

百八は塵労だよねといふわれをルメが見あげる青きまなこで

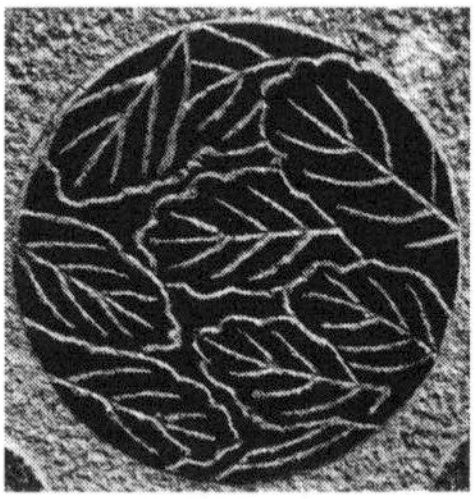

森　鷗外

森林太郎は石見国津和野町に生まれた。夏目金之助も林太郎も二月生まれで、林太郎の方がちょうど五歳年上である。藩主の典医をつとめる森家に、ようやく生まれた跡継ぎとして、一身に期待を負って育つ。十歳で上京、本郷壱岐坂の進文学社でドイツ語を学んだ。このとき大正五年、金之助はまだ五歳で、新宿の休業中の妓楼伊豆橋に住んでいた。伊豆橋の近くには太宗寺があり、また玉川上水が流れていた。正岡子規は漱石と同年生まれでやがて親友となるが、林太郎よりおよそ十二年遅れて上京、例の進文学社で坪内逍遥の英語の授業を受けることになる。さて、林太郎は年齢を偽り、十二歳で今の東京大学医学部に入学し、十九歳で卒業した。林太郎の残した文学上の貴重な仕事は、いちいち讃嘆したくなるばかりだが、彼が抑えつづけた胸裏の不穏にはさらに心惹かれる。例えば鷗外という号には、吉原遊郭という意味があった。

明星系とアララギ系の反目をやわらげられないかと考えた林太郎は、両派を代表する歌人を自宅「観潮楼」に招いて、観潮楼歌会を催した。明治四十年から四十三年のことである。與謝野鉄幹、北原白秋、吉井勇、石川啄木、木下杢太郎に対して、伊藤左千夫、斎藤茂吉、古泉千樫らが参加した。林太郎の「詩」に対する熱い思いが、歌人たちに大きな影響を与えたことは間違いない。

林太郎は大正十一年七月九日に亡くなった。向島の弘福寺に埋葬されたが、関東大震災の後、津和野の永明寺《ようめいじ》と三鷹の禅林寺の両寺に改葬された。家紋は珍しいもので、乱れ追い重ね九枚柏紋。永明寺では花入れに、また禅林寺では隣接する一族の墓の水鉢に彫られている。

禅林寺について「ここの墓所は清潔で、鷗外の文章の片影がある。私の汚い骨も、こんな小奇麗な墓所の片隅に埋められたら、死後の救ひがあるかもしれない」（「花吹雪」）と太宰は記し、その希望通りになった。太宰を支えて玉川上水に一緒に飛び込んだ山崎富榮は、この寺には埋葬されなかった。

鷗外の墓

「たづね猫」のポスター貼らる鼻のした真黒
きデンスケとふ野良猫の

ルメは緑の筒ころがして粉チーズ小さき穴より舐めつくしたり

食卓にのぼりてルメがふるへをり床をごきぶり駆けてゆきしか

若き鍼師くははる鍼院に熟練の師のわざの冴え思ひ知るなり

すわること自ら禁じ二十年けふ鍼打ちて教壇に立つ

黒板を消しをれば「感動しました」と蒼き爪
紅き爪が来ていふ

会議通知われのみ届かず嫉妬ぶかき教授のむ
れが歩みゆくなり

ルメの嗅ぐ池のにほひは緋目高のほのかな赤の散るにほひなり

桑の実のまだうす赤き池の辺《へ》にデンスケの口髭があくびす

学生の帰省のつとの源氏巻ひとつほほばり鷗外を思《も》ふ

殿町《とのまち》のいま掘割に花菖蒲揺れて緋鯉ら弧橋くぐるぞ

津和野なる藩医の嫡男一身に刺さるまなざし
痛からざるや

十歳で東京に出よ壱岐坂の私塾に独逸語習へ
鷗外

塩原家の長男として金之助が五歳で籍に入り
しそのころ

新宿二丁目「大きな四角な家」なりき妓楼伊
豆橋にそだつ漱石

こばんさうぞろりと小判ぶら下げて枯れてゆくなり梅雨のさなかに

龍之介が「孤独地獄」を世に問ひし年の暮れつひに漱石斃《たふ》る

「昔は死ぬのが嫌だつた。今では……」と結
びし俊秀龍之介あはれ

師の葬儀まだ二十四歳の新弟子の龍之介そつ
と受付にをり

「神彩ある顔」の男があらはれてどぎまぎし
たる龍之介はや

ふるへつつ名刺を見れば墓《ぼ》石《せき》のごとく簡素な
り「森林太郎」とあり

細木香以《さいきかうい》を龍之介が描きし年明けて鷗外は
「細木香以《ほそきかうい》」書き初む
「細木香以」その末尾にて鷗外は龍之介の血
につひに触れたり

龍之介さんは儔《とも》の生みし子　母儔《とも》は細木香以の姪でありきと

正確無比といはるる鷗外のその誤解龍之介はつひに訂正をせず

養父道章は実母の兄でありにけりその妻儔《とも》は
母にはあらず

蟬二匹尻くつつけて死んでをり林の朝に散る
木もれ日に

龍之介を真似て睨みて手を顎にあてててみる学生服の太宰は

芥川賞懇願する太宰を一蹴し川端もいづれ選ばむ自死を

禅林寺ルメを連れずにその墓地の盛夏の径を
あゆむ影誰《た》そ

鷗外の墓のしづけさ讃へつつ眠る太宰の鶴の
紋美《は》し

「森林太郎墓ノ外一字モホル可ラス」と遺言にあれど家紋彫りたり

乱れ追ひ重ね九枚柏紋年に一度は会はねばをれず

これほどにわけのわからぬ紋あるや乱るる葉
脈の波のうつぼつ

太宰　治

津島修治は、藤村操や志賀直哉と同様、地方の銀行家の息子であった。昭和二年七月、十八歳で旧制弘前高等学校一年生だった修治は、芥川龍之介の自殺に衝撃を受ける。弘前高時代の修治のノートには、芥川の名前が書き連ねてある。このころの修治の写真には、芥川のポーズを真似て右手であごに触れているものが目に付く。写真を見て真似たのでそうなっているのだが、芥川がいつもあごに触れていたのは左手である。修治も芥川に似て、実母との縁が薄かった。川端康成に嘆願するほど欲しがっていた芥川賞を、もし修治がそのまままもらっていたら、幸せになれたのであろうか。それはかえって、彼の自殺をもっとはやめてしまったのではあるまいか。

修治は父も兄弟も結核で亡くしており、高校時代にはすでに結核に感染していたといわれる。師の井伏鱒二が従軍作家として徴用されて修治が徴用されなかったのも、それほど病状が悪化していたからである。

漱石と同じく、肉親を次々と結核で失った修治は、その病の恐ろしさを身に染みて知っていた。それゆえ修治は覚悟を決めて、戦後の三鷹で療養も拒絶し、喀血しながら作品を書いた。その修治を支えたのが、山﨑富榮であった。富榮は本郷の東京婦人美髪美容学校の校長の娘で、英才教育を受けた令嬢であった。その実力から若くして校長を継ぐはずであったが、学校は軍に徴用され、富榮が切り回していた銀座の美容院ともども空襲で全焼し、山﨑家は財産を失った。戦後、学校の卒業生が経営する三鷹の美容院で働き、学校再建という夢を抱いて懸命に貯金していた富榮を、その貯金ごと修治は誘惑した。富榮の大好きだった兄が修治と同じ年齢で、弘前高で学んでいたことがきっかけとなった。富榮はその兄を髄膜炎で亡くしていた。

昭和二十三年六月十三日、胸に水がたまって苦痛を訴える瀕死の修治と、富榮は玉川上水に身を投げた。衰弱した修治はほぼ即死で、水を飲んでいなかった。富榮は水をたっぷり飲んでいた。修治の首を絞めて殺したのだと、富榮はいわれなき中傷を受け続けることになる。

修治は太宰治の名で、生前の希望に従って三鷹の禅林寺の森鷗外の墓の斜め前に葬られ、石に鶴の丸紋が刻まれた。鶴の丸は、一般に森氏の代表的家紋だとされているので不思議である。

富榮は没年も記されないまま、文京区関口の永泉寺に眠っている。紋は井桁に根笹である。

永泉寺まで

先生をいぢめてるひとがゐますねえと鍼師が
われの背に触れていふ

そのやうですといひかけて息を吐きにけり背
に入る鍼のひびき聞きつつ

教壇にたてるのは鍼のおかげですと空気孔へ
伏せた口でつぶやく

もうひとり。恩人で新婦なるルメのピンクの
舌が今朝も口舐む

ルメと来て萩揺るる池に頭下ぐひかりがから
だぢゅうに刺さりぬ

サングラスの媼来たりてささやきぬアメリカ
ではこれを毛皮にするのよ

クロレラが毛皮にするのよと笑むうすき唇に
ほのかにほふ緑よ

「クルエラ」と訂正できずうす笑ひ浮かべて
ルメと秋天あふぐ

むごたらしき青さとまではいへねどもルメの
瞳に似るこの空は

糟湯酒《かすゆざけ》うちすすろひぬその湯気に首かしげを
る白き犬撫で

酒讃むるたびびと旅人《たびと》の赴任先まねて太宰を
名のる修治は

修治には「をさむ」重なりうるさくて
「治」とせしがをさまりもせず

きちじやうさうのねばつこさうな花に逢ふわ
が吉祥天ルメと嗅ぐなり

立冬を過ぎてをりけりつぶつぶと春は水泡《みなわ》の
やうにとほのく

ポン菓子の軽さ恋ふなりどつかんといふ音聞
きしことなきわれが

をさなき日ぱらぱらこぼしたどつかんのはか
なさを蟻はよろこびたるか

ポン菓子が落ち葉と共にちらばりてをりたり
ナンキンハゼの実だつた

買ひきたるどつかんをくれとルメがいふくれねばこぼるるまで待つといふ

木枯しは臆せず来たりふところに酒温めて禅林寺訪《と》ふ

林太郎と治の墓の向きあふをありがたく思ふ
不遜なれども

柏紋鶴丸紋とならぶとき勤め人の悲哀鷗外に
あり

吉原を指す「鷗外」を韜晦の号と定めし林太
郎はや

墓探し趣味となしたる鷗外よわれは探さず探
し得もせず

ふりむけば太宰の酒が消えてをり酒ほしからむ枯葉舞ふ日は

この伝で太宰は富榮のアパートにころがりこみて仕事場とせり

喀血し養生を拒む太宰にはこまごま仕へる富榮をりけり

ザボン欲しいと太宰がいへば探しだしたちまちザボンが皿にのるなり

眼の悪き富榮が太宰に命じられ眼鏡はづして
歩む三鷹は

冬枯れの玉川上水たどりゆくここらで富榮の
息は尽きしか

流されてもがきて太宰にしがみつきわれから
水を飲みし富榮よ

十代にて美容学校で教へをりあの冴えし手わ
ざ水に溶けゆく

順天堂医院裏にて黙禱すこの地に育ちし令嬢のため

学校も家も焼けたり空襲はおすべらかしの術も焼くなり

学校再建悲願にかかげひたむきに貯金してを
りそれも不幸か

首都高の高架をくぐり目白坂のぼりゆくちひ
さき永泉寺まで

その墓に雪つもりをり水鉢の井桁に根笹の紋
を隠して

あたたかきペットボトルの十六茶供へむそつ
と雪をのけたり

ダルメシアン

ダルメシアン犬はクロアチアのダルマチア地方が起源であるといわれている。しなやかな姿や精悍な動きを見れば猟犬や牧羊犬として活躍したことはすぐにわかる。馬に馴染みやすい性格で、かつては馬車の先導・護衛犬として一日に何十キロも平気で駆けていた。脚を観察するとぴんと伸びていて、パッサージュのような速歩も得意である。もし蹄をつけたらほとんど馬の脚の感覚である。

この犬種は『一〇一匹わんちゃん』（一九六一）というディズニーのアニメーション映画で有名になった。クルエラ・デビル（悪魔残忍子）という女性がダルメシアンの子犬で毛皮を作ろうとする物語である。ダルメシアンの毛足は短いが、四季に渡って毎日どっと抜け続ける。毛の抜けにくい長毛種の犬の場合より、掃除が大変なのである。毛皮にはなりにくいだろう。黒いまだらは毛だけではなく、肌そのものがそう染まっていて、黒斑は肉球にも爪にも唇にも口の内部にもおよぶ。お腹の中にもぶちがあるかもしれない。その模様は、例えば大久保利通も愛した囲碁の黒石を並べたようにも見えるし、また太陽系宇宙を指し示す七つ星の家紋にも似ているように見えるが、おそらく関係はない。

ルメのような虹彩異色症のダルメシアンは規格外で劣っているとされ、繁殖させてはならないといわれる。ルメは漱石と同じ八匹きょうだいの末っ子で、小柄である。右の眼が青いために嫌われて貰い手がないというので、わが家で引き取ることになった。青いとはいえその右眼の色は、天候や光の加減で変幻する。わが家はダルメシアンの家となり、ルメを中心にすべての生活が組み立てられている。

まだらの骨壺

点火ボタン前足で押しストーブのガスの火を
愛で寝入るぞルメは

チャイルドロックかけたればルメはいつまでも鼻鳴らす　ねえストーブつけて

戦災か震災かわれは燃えあがる青山の街にうづもれてをり

襟嚙みてルメが引きだしくるる夢ああ浅春の
瓦礫をのけて

井の頭公園に馬車はをらねども辛夷は咲きて
ダルメシアンゆく

ずぶぬれの手にカップ酒にぎりたる男の影と
すれちがひたり

「アカルサハ、ホロビノ姿」と影がいふ胸に
ずしずし沁みる　沁みるぞ

尾をふりてルメの見送るその影よ橋板わたる
とかとんとんと

「死神」とふカップ酒あり「まぼろし」も
「義経」もありまづ苦からむ

白波の立ち寄りわたる橋を踏みもの頼もしき
ルメのまだらは

水けむり明るく流れ春の日をとどろとどろと
橋を渡らむ

青山の研究室にはルメをらず山吹揺るるキャンパスを出む

ミュウミュウとプラダをよぎり急坂をのぼりぬすでに霊園に入る

大久保公の参道なるが大震災で倒れし燈籠たれも起こせず

鳥居立ち碁石のならぶ亀趺墓《きふばか》をよぎれば直哉の墓はまぢかき

何一つ揺れざる直哉の墓の辺よ丸に十字の紋が列なす

うす紅の馬酔木を墓前におきしのち水かけをればながれてしまふ

われの背は海となりたり鍼を打つひびきに揺るる海藻の見ゆ

汚染水は海へと向かひやまざるをうつぶせに思ふ鍼打たれつつ

パジャマのボタンすべてちぎられ失せてをり
ルメは眠るよボタンの海に

骨壺は白地に黒の斑《ぶち》が良しダルメシアンの壺
と寝入らむ

わが家紋七つ星なりダルメシアンの模様なり
しか夜空を見上ぐ

しろとくろの毛のみじかくて青草を尾にぞた
くらむルメを思ふ夜は

たけばぬれたかねば長きルメの耳ひたひたと
揺れわれにかぶさる

青大将水を脱け出てオリーブ色の目で見つめ
をり気づかぬルメを

サングラスかけし媼が自転車をわざわざ止めて「毛皮ね」といふ

媼ひとり語りはじめぬうちのシバは私に怒鳴つた主人を嚙んだわ

ほんたうにいいシバ犬で嚙みつかれた主人は
十八針も縫つたの

ルメと眼をぱちくりしをればば主人もシバもも
うゐないけどと媼は笑ふ

雑司ケ谷から巣鴨へまはり桜ちる染井霊園を
つつ切りてゆく
ルメと歩むリズムでひとり歩みをり花びらな
がるる石の林を

座布団のごとき墓石押しのけて出できたる影
がわれを見てゐる
ややあつて「やあ」といふなり細長き指で蓬
髪かきあげながら

喜びに身をふるはせるわれのまへそつと笑ひ
ぬ黒き門歯が

あとがき

『ダルメシアンの壺』は、『ダルメシアンの家』（二〇一二・一二）に続く第五歌集である。二百七十五首を収めた。帯に掲載した次の三首が内容の要約になっているが、これらも歌数に含める。

墓にねむる作家の霊をわがこゑよつなぎゆかむか白犬連れて
魂《たま》のかたちの黒きまだらがしなりつつ鬼火の群れのごとく駆けだす
よみがへれさかのぼらずにずつしりとわがまへに黒き影笑ましめよ

この歌集の来歴は、めったに歌の注文のこない私に、ある日「短歌研究」から作品連載の依頼がとどいたことに始まる。雀躍すると同時に恩義を感じた。

そこで構想を練りあげ、十分に計画しつつ連作を組み上げた。まず第四歌集『ダルメシアンの家』を一冊の序論として短歌研究社から上梓し、連載はそのまま完結して、最終回発表と同時に歌集となるように準備した。

いっさいの趣味を排して貯金をし、斎戒沐浴して作品を書き続けた。もちろん締切におくれたことはない。歌の原稿を短歌研究社に渡すとき、その次の回の作品も完成していた。ただし、締切までぎりぎりの推敲を重ねた。母を介護する枕元では、母が寝入ると作品を書いた。とにかく一回三十首の縛りはつらく、多くの歌を削った。扱いえた文学者やその周辺の人間の数は限られている。しかし、歌群からは、愛犬と地味な暮らしを続けながら、ふだん私がなにを考えて生きているのか、おのずと浮かびあがってくるだろう。

ストレスですぐ歩けなくなる私を治療してくれる鍼師の先生に連載作品をお見せしたら、鍼の体に入る長さと、針を入れるつぼの順番が少し違いますとおっしゃった。それから彌生とか富榮とか、よくわかりませんとおっしゃった。連載中に私が読者から聞いた唯一の反応である（ご迷惑おかけするといけないので、先生の具体的な描写は歌集中でも控えている）。

　私は一首の背後に、それぞれ新しい論文が書けるだけの研究を積みあげている。そのため、私の歌はごく限られた読者にしか理解できない。覚悟していることであるが、鍼の先生にわからないと言われたときは赤面した。そこで作家を中心にして、少しばかり注を配することにした。その注も、私が自分の考えをまとめているので、一般的な解説ではない。いわば「歌」が能で、「注」が間《アイ》狂言のつもりである。

　歌集上梓に当たり、つねに人生のご助言をお与えくださる馬場あき子先生、岩田正先生に、まず心より感謝申し上げたい。

　短歌研究社には、連載時から大変お世話になった。歌集『ダルメシアンの家』の時と同様、今回も紙やインクの色まで私の好みで選び、帯の文章も私が書いている。いつも温かく見守ってくださる堀山和子様、私のこだわりをご理解くださる菊池洋美様に、深く御礼申し上げる。カバーには愛するルメの写真を入れていただいた。

最後に、作品連載中に亡くなった母へ、この歌集を捧げる。もうすぐ一年が経とうとしているが、未だに一首も挽歌を詠むことができない。

二〇一四年四月八日

日置俊次

検印
省略

かりん叢書第二七八篇

平成二十六年五月一日　印刷発行

歌集　ダルメシアンの壺《つぼ》

定価　本体三〇〇〇円（税別）

著　者　日《ひ》置《おき》俊《しゅん》次《じ》
郵便番号一五〇—八三六六
東京都渋谷区渋谷四—四—二五
青山学院大学総研ビル一一〇三
日置研究室　気付

発行者　堀山和子

発行所　短歌研究社
郵便番号一一二—〇〇一三
東京都文京区音羽一—一七—一四　音羽YKビル
電話〇三（三九四四）四八二二・四八三三
振替〇〇一九〇—九—二四三七五番

印刷者　豊国印刷
製本者　牧製本

ISBN 978-4-86272-405-2　C0092　¥3000E

短歌研究社　出版目録

＊価格は本体価格（税別）です。

文庫本	馬場あき子歌集	馬場あき子著		一七六頁	一二〇〇円	〒一〇〇円
文庫本	続馬場あき子歌集	馬場あき子著		一九二頁	一九〇五円	〒一〇〇円
歌集	飛種	馬場あき子著	A5判	二五六頁	三一〇七円	〒二〇〇円
歌集	いつも坂	岩田正著	四六判	一九二頁	二五〇〇円	〒二〇〇円
歌集	和韻	岩田正著	四六判	一八四頁	二五〇〇円	〒二〇〇円
歌集	マトリョーシカ	浦河奈々著	四六判	一七六頁	二五〇〇円	〒二〇〇円
歌集	邯鄲	長友くに著	四六判	一七六頁	二五〇〇円	〒二〇〇円
歌集	大女伝説	松村由利子著	四六判	一七六頁	二五〇〇円	〒二〇〇円
歌集	アシンメトリー	遠藤由季著	四六判	一八四頁	二五〇〇円	〒二〇〇円
歌集	オフィスの石	土屋千鶴子著	四六判	一六〇頁	二三八一円	〒二〇〇円
歌集	琉歌異装	名嘉真恵美子著	四六判	一九二頁	二五〇〇円	〒二〇〇円
歌集	あやはべる	米川千嘉子著	四六判	一九二頁	三〇〇〇円	〒二〇〇円
歌集	百年の祭祀	キム・英子・ヨンジャ著	四六判	一八四頁	二五〇〇円	〒二〇〇円
歌集	ダルメシアンの家	日置俊次著	四六判	二〇八頁	三〇〇〇円	〒二〇〇円
歌集	日想	佐々木実之著	四六判	三四四頁	三〇〇〇円	〒二〇〇円
歌集	サラートの声	伊波瞳著	四六判	二〇八頁	二五〇〇円	〒二〇〇円
歌集	宙に奏でる	長友くに著	四六判	一六八頁	二〇〇〇円	〒二〇〇円
歌集	スタバの雨	森川多佳子著	四六判	二三二頁	二七〇〇円	〒二〇〇円
歌集	湖より暮るる	酒井悦子著	四六判	一八四頁	二五〇〇円	〒二〇〇円
歌集	二百箇の柚子	池谷しげみ著	四六判	二二四頁	二七〇〇円	〒二〇〇円
歌集	サフランと釣鐘	浦河奈々著	四六判	一九二頁	二五〇〇円	〒二〇〇円
歌集	地蔵堂まで	野村詩賀子著	四六判	二一六頁	二五〇〇円	〒二〇〇円